大阪の俳句ー明治編10

青木月斗句集

月斗句集

目次

新年

元日　元旦や暗き空より風が吹く

元日の心古人に似たるかな

三日　海山の箸紙古りし三日かな

三ヶ日　よき柴に家くすべずよ三ヶ日

正月　沈香を正月の炉にくべにけり

小正月　誰彼も酒に痛みぬ小正月

女正月　女正月鶯の舌滑かに

松の内　松の内女はいつも若かりき

初霞
初霞川は南へ流れけり

鶴を画かん鷺を画かん初霞

淑気
ゆづり葉の紅ほのかなる淑気かな

若菜野
遠山の雪若菜野の霞かな

若水
若水のこぼれ氷りぬ井の頭《ほとり》

初竈
初竈老鼠悠々庭歩く

雑煮箸
芽柳の春をしのびつ雑煮箸

年賀
勝手の炉に人笑はする賀客かな

女礼者　連れ立ちて桃李の女礼者かな

年玉　年玉や小判一枚文庫より

初夢　初夢やうら〱として金砂子

宝船　宝船布《し》き寝の鴛鴦の衾かな

獏枕丈なす髪をほどき寝る

罪深き女布き寝の獏の札

初鏡　初鏡玉の肌に寒さなし

春着　淡粧にねびまさりたる春着かな

書初
初硯
騎初
遣羽子
朳
猿曳

妙齢を包む正月小袖かな

春小袖麝香の古き匂ひかな

みちのくの蕗摺紙に吉書かな

初硯ちびれる墨の墨ばさみ

長鞭を悍馬にくれつ騎初す

やり羽子や成人早き女の子

洛北や鞍馬颪の朳日和

京は五条の仮橋渡る猿廻し

寝積む

いねつまん黄金水をあたゝめよ

初大師

二十年欠かさぬ老や初大師

夕霧忌

吉田屋の暖簾に雪や夕霧忌

初鶏

初鶏や天地の凍に朗々と

初鳥

東の野よりす声や初鳥

春

寒明　寒明や野山の色の自《おのずか》ら

余寒　香の図の枕屏風や春寒み

春暁　春暁や欄前過ぐる帆一片

春昼　春昼や人静かなる書画の会

春の夜　香木をけづりて春夜たゞならぬ

朧夜　酒樽も底の音なる朧かな

月吼の牛夜もすがら朧かな

春の闇　田の崖に落つる水鳴る春の闇

花の冷

濠の隅に片寄る鴨や花の冷

手の荒れに酒塗る事よ花の冷

遅日

遅き日や団扇の骨をつくる村

長閑

人老いて心寛うす長閑なり

春尽

春尽や我に酒中の笑語あり

春光

春光や釣堀囲む竿の数

陽炎

塔の礎石に立てば昔を陽炎ひぬ

陽炎の丘逍遥す川に舟

東風

東風満園主人に鶴の従へり
水禽の浮く水広し東風の丘

風光る

風光る遠山の雪田の氷
浅川やさと散る小魚風光る

春陰

春陰や白き女が湯に浸る

花曇

松に登つて鳴ける小猫や花曇

春の虹

鯛群る、海に立ちけり春の虹

春の月

春月や朧をつくる比叡の谷

朧月
朧月沖の瀬鳴りの遠きかな

春雨
東雲の明りたのみを春の雨

蜃気楼
帆をあげし御朱印船や蜃気楼

水温む
水温む橋より釣瓶ふりにけり

春の潮
沖三里鯛が屯す春の潮
春潮に魚各子持かな
小波をつくる風見ゆ春の潮

雛祭
雛祭皇后様の御幼時

雛祭蕪村の一人娘かな

灯更けぬ雛は眼つぶります

金平糖の振り出し壺や雛祭

野遊

野遊や椿流るゝ猫間川

踏青

踏青や子女が扶《たす》くる酔李白

踏青の我に閑雲近きかな

踏青に北する鶴を見たりけり

桜人

在原の業平となん桜人

花の鈴
春日傘
石鹼玉

野焼

一片の氷心存す桜人
腰にせる黄金の鈴や桜人
朝月にぬれもやすらし花の鈴
眉そりし乳人若しや春日傘
佐保姫の顔がうつるよ石鹼玉
しやぼん玉帳合筆を盗み行く
風早の山のおろしや野火熾《さか》ん
着物ぬいで少年野火をたたきけり

田打　天青く豆人谷田打ちにけり

耕　茨ぐろに布子をかけて耕しぬ

鶏合　桃林にかくれて鶏を合せけり

春眠　春眠や開けゐる口を夢逃ぐる

春愁　春愁や草を歩けば草青く

春怨の婦が礫しぬ池の鴛鴦

山あり青く水あり白く春愁に

春の灯　春の灯や役者素顔に座敷舞

春惜む
都踊
涅槃会
開帳
実朝忌
鳴雪忌
人磨忌

こぼす酒に春の灯走る朱卓かな
春惜む酒中の天地覚むる時
花かたき寒さの都をどりかな
ねはん会や象も普賢も泣きざくり
和泉野や卯月曇に出開帳
軒端の梅社頭の銀杏実朝忌
鳴雪忌寒し曇の梅の花
人磨忌明石の海の朝霞

猫の恋
夜に講ず近江聖人猫の恋

猫の子
猫の子は乳のむ口に眠りけり

鶯
鶯や小雨晴れゆく茶の木畠
鹿苑寺鶯水をわたりけり

鳥入雲
鳥雲に深き朝寝に我はある

雲雀
小一里は雲雀鳴く野を歩きしか

鳥交る
交る鳥谷へ落つるもあるべかり

百千鳥
百千鳥百囀りに山曇る

石仏を仰ぐ渓間や百千鳥

囀

囀りし悔を孕みし雀かな

囀は風のまにまに遠きかな

蛙

雨の如く瀑の如しや蛙夜々

白魚

白魚の塵をつまむや竹の箸

諸子

つくばひに口細諸子誰が入れし

蓋とつてほのと香りや焼諸子

桜鯛

桜鯛肥えたるは八重桜かな

飯蛸

三つ鉢や飯蛸赤く独活白し

蜆

蜆汁参州味噌の樽開ける

一盞の酔にあるかも桜貝

酢貝

猫の子は酢貝の皿に手を出しぬ

梅

雲飛べば野は雪近し梅の花

汲み出す田舟の淦《あか》や梅の花

菜雑炊のあつき吹きけり梅が宿

芽柳

柳の芽つぶ〳〵春を見せにけり

桜

花

落花

花吹雪

花の瀑

花過

伏見水郷芽柳に舟繋ぎある

遠近の鐘に夕山桜かな

夜の花寺中寂々更けにけり

小旋風が巻き上げにけり花の塵

朱欄干落花の渦を巻きにけり

花吹雪酔臥の面あぐる時

扇もて面を蔽ふや花の瀑

花過の心安すさよ嵐山

躑躅
山へつづく松の中なる躑躅かな

辛夷
草の戸の灯影に白き辛夷かな

竹の秋
見て過ぐる弓師が門や竹の秋

下萌
一雨一暖堤下下萌したりけり

園中の下萌日々に海なごむ

茅花
山歩き茅花しがんで見たりけり

豆の花
豆の花に寒き夜明を見たりけり

蕨
蕨老ゆ雲山屋を繞るなり

青麦

麦青く小雨晴れゆく山辺かな

夏

夏に入る
短夜
薄暑
新暖
涼し
秋近し
卯の花下し
五月雨

夏に入る庭の日影や茶一碗
短夜や横雲光る城の上
天薄暑海は白帆に埋めたり
新暖や楓に風の起る庭
深天の星より涼をもたらしぬ
薬園の風露に秋の近づきぬ
月明り見せて卯の花下しかな
木がくれに胡頽子《ぐみ》の実赤し五月雨

梅雨　梅雨雲を懸けて連山浮動かな

梅雨の月　梅雨の月雲薄く雲厚きかな

五月闇　あつき湯で畳拭かすや五月雨

夕立　川の温泉に身をすくめゐる夕立かな

夕立晴れ涼し東寺の朝参り

青嵐　青嵐一橋渓に架すところ

青嵐池心に見ゆる鳰《かいつぶり》

薫風　風薫る大食堂や着席す

雲の峰

網舟のノ《へつ》乀《ほつ》とあり雲の峰

林中に群鹿遊ぶ雲の峰

雷

雷涼し雨の草木の夕日影

ばり〱と雲裂く雷や杉の上

雹

雹投げて己崩れぬ雲の峰

一塊の雹を秤にかけにけり

油照

大阪や埃の中の油照

旱

そよ〱と夜北涼しき旱かな

夏の山
代へ草鞋腰に夏山越しにけり

夏野
夢のやうに山の連る夏野かな

梅雨出水
鰻浮き鯰流れぬ梅雨出水

夏の海
夏の海明けぬ鷗の羽音より

清水
とく〳〵の清水流れぬ蕗の中

瀑
瀑に立てば山が動いて来りけり

菖蒲葺
菖蒲ふくや雨が洗ひし銅廂

幟
墨一斗幟を書いて余瀝なし

更衣

夕景に聳ゆる城や鯉おろす

幟樹て、遠山景の澄みにけり

五十手に結べぬ帯や更衣

羅

羅に言爽や老夫人

芭蕉布

芭蕉布を着て夕立に濡れにけり

夏羽織

夏羽織党総会の幹事長

夏襟

夏えりや顔うつりよき水浅黄

海水着

水に入れば真白き肌や海水着

掛香
衣紋竹
蠅捕器
冷房
蠅叩
寝茣蓙
簟

歌はるゝ女優のそれや海水着
掛香や娘十七母の陰
風楼に満つ衣紋竿廻る
蠅捕器音して廻る夜の縁
冷房の倶楽部閑談漫語かな
蠅叩き持つて家中廻りけり

筑後柳川にて

内職に織る花茣蓙や風通し
簟梧竹の墨画掛けにけり

竹夫人
来山の人形より涼し竹夫人

蒲筵
やはらかく足に踏みけり蒲筵

夏布団
酔ひ伏しの足蹴にしたり夏布団

陶枕
陶枕に頭痛忘れし女かな

大俎の如き磁枕や中凹み

夏座敷
川風に青き灯や夏座敷

噴水
たく〳〵と噴水の折れ畳むかな

葭障子
旅の留守の角力が宿や葭障子

風鈴　湖上月あり風鈴の欄に凭る

　　　風鈴の頻に鳴つて暁近し

忍　　舟形と灯籠形とつり忍

金魚玉　金魚玉に苗一筋や誰が入れし

竹床几　竹床几星座を説いて審《つまびらか》

　　　竹床几二葉見せたる鉢の蓮

端居　夕端居誰か来らん思ひあり

打水　山科の町夕景に打水す

床涼み　叡山に灯がつきにけり床涼み

舟遊び　宇治
遊船や醍醐の山に日の当る

昼寝　よき智恵がどし〱ぬける昼寝覚

キャンプ　キャンピング星明かに天近し

山の冷パヂャマを通すキャンプかな

泳　火のやうな磧泳ぎ子芋の如し

裸　芥子は実に朝の畑に裸かな

夏痩　若竹のそれの如くに夏痩す

天瓜粉
蚊帳
夏芝居
夏枯
土用灸
冷奴
鮓
新茶

天瓜粉ほめられてゐる眠た顔
蚊帳の月思邪なかりけり
本《ほん》水《みず》を使うて涼み芝居かな
夏枯や郭《くるわ》女《おんな》の浴衣がけ
汗の手に艾《もぐさ》ひねるや土用灸
生玉の祭太鼓や冷奴
鮓きつて軍の話聞きにけり
針の如き新茶つまんで嗅ぎにけり

土用鰻
鱧の皮
梅干
甘酒
冷し飴
ソーダ水
ラムネ
ビール

土用鰻一片とつて茶漬にす
鱧の皮サラリーマンの折カバン
梅漬けて心ひそかに豊かなり
ひと夜酒もの静かなる老尼かな
冷し飴水からくりの水かゝる
隣席に水谷八重子ソーダ水
鯉がゐる泉にラムネ沈めけり
炉によりてビールを飲むや山の小屋

冷し酒
焼　酎
膳に露打つ
心　太
菜種殻焼
繭
海蘿《ふのり》干す
施　米

よき井戸をもてる此家の冷し酒
焼酎を燗して薩摩隼人かな
露打ちし膳に切子の器かな
心太砦のあとの茶店かな
菜種殻燃やす炎々河内の野
繭煮るや旅人水を乞ひに入る
磯蝿の香にこそたかれ布海苔干
俊寛も小町も果の施米かな

賀茂祭

祇園会

天神祭

夏籠

丈山忌

時鳥

御所車きしる祭の堤かな

電線を切つて通すや鉾の町

大阪の川の天神祭かな

夏解涼し朝顔白く咲き出でつ

さびつきし鉄の兜や丈山忌

時鳥二声三声山深み

夢殿の露盤夜明の時鳥

残月とよき名持ちけり時鳥

蜂の子の餌をやりにけり時鳥

閑古鳥
森々とある老杉や閑古鳥

老鶯
老鶯や杉の中なる花薊

葭切
葭切や川を渡れば筑後領

淀川や外輪船に行々子

燕の子
つばめ子につつと親燕引き返し

翡翠
川蟬や水門楼の川手水

鳧
此里に今なき窯や水《け》札《り》が鳴く

浮巣

芦の中へ舟つき入れぬ浮巣ある

落し文

落し文比叡の山より届きけり

蝙蝠

早立の暗き天なり蚊食鳥

蝙蝠や光添ひ来し夕月夜

蟇

藪の根に涼みに出たり蟇

蟇夫婦と見えて目くばせす

青蛙

青蛙貰ひ植ゑたる秋田蕗

蛇

樟にまきついてゐる小蛇かな

蝸牛
石の上にとりためてあり蝸牛

金亀虫
電灯の笠に声あり金亀虫

兜虫
畳這ふ爪の力や兜虫

蛍
紙屋川宵一時の蛍かな

柴舟の柴這ふ雨の蛍かな

蟬
蟬時雨昼の一酔火の如し

舟中に城を仰ぐや蟬遠し

蠅
蠅うてば皆天井にとまりけり

蚋

遊山
女共香水つけぬ蚋のあと

蠛蠓

嵯峨半日蠛蠓顔を去らぬなり

蠅虎

蜘蛛の中で蠅虎は愛すなれ

孑孑

孑孑や伸縮浮沈悠々と

蚕

渓山に蚕の衣を振ひけり

金魚

蘭鋳や水深うして宙返り

鯰

泥川の月夜に浮きぬ大鯰

煮えかへる泥に寝てゐる鯰かな

鰹

初松魚其角が膳に上りけり

鱧

鉤うつて生けるを示す鱧三尺

鯖

鯖鮓やこれを愛する一風味

鰺

一あぶり酢にやはらげし小鰺かな

夕鰺を売り尽したる長屋かな

飛魚

凪の海光る飛魚光るかな

蟹

蟹の爪紅し梯子をのぼりゐる

余花

石筍の山麓余花を止めたり

海酸漿

端見せて海ほゝづきを鳴らしけり

若葉

日日是好日や樟若葉

庭はあまき若葉に蠅の群れ飛べり

新樹

白藤がかゝれる雨の新樹かな

若楓

若楓稽古の釜をかけにけり

若竹

忽ち雨忽ち晴や今年竹

若竹や雨読の主窓に見ゆ

茂

川茂手拭さらす小舟かな

木下闇

葉柳

栗の花

朴の花

夾竹桃

百日白

病葉

牡丹

酒冷やすよき出水《いずみ》あり木下闇

葉柳を門に残せる蕎麦屋かな

栗の花匂うてあまき曇かな

葉をとつて飯を盛りけり朴の花

夾竹桃目病みに焔ふきにけり

庭中の百日白や下に句碑

寂として わくら葉落ちぬ甃《いしだたみ》

酔毫を揮ひ牡丹に題し去る

雨一瀉雷一撃や牡丹園

百合

百合の荅狐の貌に似たるかな

紫陽花

紫陽花の陰に行水盥かな

青芒

大風となりし広野の青芒

蓮

蓮の中を舟漕ぎ出でぬ蓮一面

向日葵

向日葵の花仰向や日蝕す

月見草

朝潮のさゝやき寄るや月見草

黴

方丈記黴の香りのなつかしき

梅雨茸
青梅
蟬花
夕顔
青芦

梅雨茸の真赤にそれは毒の花
石卓に茶を煮つ実梅落ちにけり
蟬花や村の文庫の庭の中
夕顔の夕に秋やしのび寄る
片舟を女漕ぐなり芦茂る

秋

秋　夕烏秋の煙の空高く

立秋　乗鞍を雲の離れず今朝の秋

秋彼岸　大風のそれし日和や秋彼岸

秋暁　秋暁や紗窓に残る月一片

秋曇　秋の日をうち曇らせて談笑す

十月　十月の雨日愛して家に在り

夜長　梟と俳人夜長楽しみぬ

酔へば直に人間変る夜長かな

新涼
肌寒
夜寒
冷まじ
暮の秋
月

黒々と山が囲める夜長かな
新涼や風呂を洗うて草に干す
肌寒や着物にしめし革バンド
衿合す嬉しさにある夜寒かな
風が磨く星の光りの冷まじく
欠け落つる大きな月や冷まじき
水飲んで人息災や暮の秋
夜参りの鉦が鳴るなり山の月

夕月夜城の大手を独り行く

かげ踏に児女たはぶれつ夕月夜

ほのぐと水の近江の初月夜

新月を懸けて一天鏡かな

十六夜を信貴の舞台に立ちにけり

稲妻や昨日登りし比叡の山

月色の朗々たるに稲妻す

稲妻や沖の方行く軍船

新月

十六夜

稲妻

星月夜
愁人は夜を寝ずてあり星月夜

後の月
舟唄や曇りながらに後の月

初嵐
緑竹をめぐらす庵の初嵐

野分
網運ぶ漁師ふかる、野分かな

颱風
忘れずに来る颱風よ直ぐ通れ

霧
杉暗み濛々霧の吹き上ぐる

叡山の一宿霧の障子かな

秋の雲
大江や旦に映ず秋の雲

秋の山

江山の粧ひ遠し暮雲飛ぶ

主峰三千尺の粧ひ成りにけり

野山の錦

山の錦の中より鐘をつき出しぬ

秋の川

材木の筏ほどくや秋の川

稲筵

三上眺望

比叡比良を左右に置きつ稲筵

星祭

羅に下げ帯したり星祭

走馬灯

走馬灯妻子が留守の夜半亭

秋袷

秋袷我の肥えゐてほころばす

秋の灯

草むらに虫がとぼせる灯も秋や

秋の灯のとぼりて消ゆる山辺かな

砧

板の間の行灯をどらす砧かな

向きあうて砧打つなり妬《ねた》き中

夜食

梟が鳴けば夜食となりにけり

落し水

地の底へ響いてゐるや落し水

稲刈

稲刈や鍛へし老が及び腰

海贏

海贏の盆歪めし事が喧嘩かな

うるか
大文字
太閤忌

露月忌
西鶴忌

腸うるか龍野の美人送り来し

大文字や隣の床の見知り越し

醍醐
欄前の石に蜻蛉や太閤忌

南禅寺
太閤忌雷神涼雨もたらしぬ

信貴山
轟々の雷よせよ太閤忌

露月忌や卓然として子規の門

今書きし如き短冊西鶴忌

月夜々によろしくなりぬ西鶴忌

子規忌

三十年この道遠き子規忌かな

萩の寺

獺祭忌寺中の萩に人語ある

従軍の居士を語りし子規忌かな

渡鳥

色鳥の時々声す山幽に

八百八谷木の実が飛べば渡鳥

雁

初雁や越路の旅の暁寒き

橘の色づく畑や雁わたる

鉦の緒を握れば空に雁の声

鵙

森を透く露の朝日や百舌落し

鵙淋し湖の漁村の夕日景

目白

かしこくも黐を逃げたる目白かな

きりぎりす

きり〴〵すも胡瓜も赤くなりにけり

鈴虫

虫時雨鈴虫の鳴く声すなり

落鮎

渋鮎や神通川の水澄みつ

柳散る

堀川や浅き流れのちり柳

木槿

花木槿郡農会の会議ある

芭　蕉
雁来紅
曼珠沙華
野　菊
蘭
菊

芭蕉丈余寺は大破に及びたり
雁来紅乳屋に犬の吠えにけり
曼珠沙華田を彩りつ関ヶ原
咲きつゞく野菊に露の朝日かな
山に蘭谷に石得て戻りけり
夜気澄んで灯に見る菊の深さかな
菊ほめて茶に寄る老が仲間かな
菊畑主人床几に墨磨りぬ

残菊

残菊や冷たき雨の朝よりす

稲

風の渦を見せて稲田の稔り伏す

末枯

野うら枯嘴太鳥歩きゐる
末枯や牛馬を洗ふ湯の流れ
野末枯雨が夕日を弄ぶ

柿

柿の時村《そん》情《じょう》殊に目出度かり
柿をつゞりて村は豊かに見ゆるかな
柿の家兄弟兵に召されたる

石榴
盛り籠に笑ふ石榴と仏手柑と

栗
風に乾く栗の林に入りにけり

木の実
森の家に水乞ひ入れば木の実落つ

瑪瑙の木の実琥珀の木の実かな

紅葉
美しや紅葉を巻きしつむじ風

桜紅葉
見やる時桜紅葉の散りにけり

破れ蓮
敗荷見て城址に登る風白し

茸
茸山へ案内の草履五十足

冬

初冬
初冬や娘の便り恙なき

小春
狐色に小春の阿蘇の美しき

冬ざれ
冬ざれや山のお宮の鳥の糞

短日
短日や喫茶去の侶《とも》詩酒の侶

冬空
冬空の水より深き朝かな

冬の雲
萱原に風を落しつ冬の雲

大年
花生ける大年の夜の火影かな

行年
行年や空地の草に雨が降る

年の夜
年の夜や寒さしのぎに二度の風呂

凩
木枯や空地の草の目に青き

北風
北風や浪に隠くるゝ佐渡ヶ島

虎落笛
一口村の灯が見ゆるなり虎落笛

初時雨
初時雨さと降る上の雲に月

郁子の実の葉陰に赤し初時雨

時雨
山骨に日のさして来し時雨かな

時雨るゝや蕉林緑保ちつる

冬の雨
寒の雨
霜の鐘
雪

川蟹のころ〳〵下る時雨かな

木の橋の黒々濡れつ冬の雨

寒の雨菜園来るは誰が傘ぞ

霜の鐘天狗がゆばりかけにけり

霜の鐘月光花を降らすべく

町川や舟に火を焚く雪の昏

天墨の如し大雪になるやらん

雪江を十里下りぬ天明けぬ

山眠る
冬田
水涸
氷
川音時雨

卯《ぼう》飲《いん》や塩から嘗めて雪の宿
雪一夜針を立てたる葱畠
面《まのあたり》妙高暫《しばし》雪霞
芒老いて尚風にあり山眠る
霧に濡れ日に乾き行く冬田かな
水涸や村は静かに鶏の声
街道や打割つてある厚氷
私語を消して川音時雨かな

鐘凍る

氷るなり叡山の鐘三井の鐘

鐘楼に干せる大根や鐘凍る

炭団

寄り合うて焔上げゐる炭団かな

白頭を撫で減らしたる炭団かな

炭斗

炭《すみ》斗《とり》に書ける山号寺号かな

火鉢

紫に銀屏焼けし火鉢かな

めかかうして子を怖しゐる火鉢かな

手炉

手炉撫で、老先生が講義かな

炉

日暮るゝにとぼさず炉火の仄明り

綿入

綿入や木曾の子供の頰赤き

裘

一冬の炉に主たり裘

裘少年眉目秀でたり

冬籠

炉によりて薬を練りぬ冬籠

この夜頃月の美くし冬籠

書庫に入れば書の幽香や冬籠

布団

朝の日が顔にさし来し布団かな

襟巻
襟巻に今朝剃りし鬚触りけり

日向ぼこ
干菜刀自梅干女史と日向ぼこ

水洟
水洟を金短冊に落しけり

皹
胼皹この児必ず成すあらん

雪見
鼻かんで耳が貫けゝり雪見酒

寒玉子
寒卵懸河の弁をふるふ舌

餅搗
餅筵正月が来るあと二日
子を連れて走る鼠や餅筵

掛乞
岡見
干菜
玉子酒
風呂吹
神楽
臘八

餅搗やうと〳〵睡る竈の番
掛乞の手蹟見事な女かな
着ぶくれて岡見に出づる翁かな
干菜湯にぬくもりゐるやひもじ腹
卵酒艶なることもなかりけり
蕪村の蕪暁台の大根風呂吹に
夜神楽の笛の遠音や雁が立つ
臘八や心頭石とこほるなり

芭蕉忌
蕪村忌
狐
梟
鷹
河豚

臘八や老師の巨眼炬の如く
伊賀山に時雨かけたり桃青忌
かたくな、爺ならまし春星忌
火とぼして己等寒き狐かな
大きな眼二つ描けば梟かな
梟がどんぐり眼あけて閉づ
鷹一点雪山眠り深きかな
河豚仲間罵り合ふに似たりけり

海鼠
寒鮒
帰花
冬紅葉
散紅葉
寒椿
蠟梅

海鼠縮む海は狂瀾怒濤かな
寒鮒や漫《とろ》火《び》にかけし淀川煮
寒き雨が光つて降るよ帰花
しつとりとしめれる森の冬紅葉
一そばえ暮れの眺めの散紅葉
古墳より石棺出たり散紅葉
この谷やよき日が当る寒椿
蠟梅や庭に築きし楽の窯

八手の花
寒き雨初めて降りぬ花八ッ手

落葉
永平寺
百人の雲水が掃く落葉かな

冬の梅
冬の梅大きな石を抱きにけり

枯蓮
蕭条と蓮枯れにけり人馬上

枯蓮や畳替へする檀那寺

枯萩
枯萩に静けき月の移りかな

蓮の骨
一発に落ち来し鴨や蓮の骨

大根
はちきれるやうに肥えたる大根かな

冬芭蕉

遠くよりひける筧や冬芭蕉

解説　青木月斗――中原幸子

この『月斗句集』には『月斗翁句抄』（菅裸馬序　昭和二十五年三月十日　同人社刊）収載の一二八六句から五〇〇句を抄録した。明治から昭和に及ぶ月斗の全句業からの抄録であり、明治期に限ったものではない。季語の数は三九一である。

月斗は『月斗翁句抄』発行の前年、昭和二十四年三月十七日に逝去（享年七十一）、翌二十五年三月十二日に四天王寺で一周忌が営まれた。『月斗翁句抄』はその一周忌に合わせて発行されたものであろう。

だが、菅裸馬の序文の日付は昭和二十四年三月であり、刊行の経緯を次のように記している。

斗翁が句集――自選、他選を問はず――の発行を嫌ふ真意は忖度する限りではないが、全生活そのまゝがすでに一大句集を成してゐるとせば、世にありふれたる、平々凡々、乃至は小ざかしき句集の編集などは、斗翁を伝うる《（ママ）》所以のものでないのみならず、或はこれが却つて斗翁の大境涯を、辱かしむることになるかも知れないと言へる。

　斗翁からは、句集といふものは当然作者の死後に於て出版すべきであるといふやうな話を承つたことがある。謂はゆる棺を蔽うて人定まるとか、知己を千載に待つとかの意味であるかも知れぬ。一応御尤ではあるが、今日の同人に取つてはそれでは困る。後世の批判は後世に譲りたい。現世のわれ等は、遂に翁の意に背かねばならぬことを遺憾とする。その理由は簡単である。同人間に湧き起る『月斗翁句抄』要望の声である。重々申訳のないことであるが、われ等はたゞ之を師父の情に訴へて、寛恕を乞ふばかりである。

つまり、月斗の同意のないまま刊行を企画し、準備万端整ったところで月斗の死に遭ったのである。裸馬たちは、遺句集として編みなおすことをせず、あえて、月斗の意に反してまで生前に刊行しようとした意図を貫いたものと思われる。裸馬はまた、次のようにも述べる。

此句抄に収められた句数千二百八十六、昭和五《ママ》年より同十四《ママ》年に亘つて刊行された同人第一、第二、第三句集の三冊子（編者注・各句集の奥付によれば、第一句集は『同人俳句集　第一輯』の書名で昭和六年、第二は昭和九年、第三は昭和十七年の発行である）から、翁の作句の全部を拾ひ出して再録したものである。既刊の同人句集三冊は、同人のテキスト用としての意味を含めた、特別な編纂方法を採られたものであり、又何れもいささかの小冊子に過ぎない。それからの再録であれば、斗翁を伝へる為めには、集録の範囲が余りに狭かつたことを認めねばならないと同時に、此点に関して同人諸君は、若干の不満を感ぜらるゝかも知れぬ。しかし完全なる『月斗俳句全集』或は『月斗全集』は、翁百歳の後に堂々と出現すべきは必至のことで、而も其事業は一に同人諸君、殊に今日の青年同人諸君の責任に於て完成せらるべきである。

ちなみに裸馬は月斗の四歳年下で、俳句の弟子であり、肝胆相照らす友でもあり、月斗亡き後は主宰を継いだ、この句集の序文の筆者としてこれ以上は望めない人物である。

尚、月斗は明治二十八年から三十七年までは「月兎」、三十八年四月頃からは「月斗」を俳号としたが、本解説では混乱を避けるためすべて「月斗」とした。

では、『同人俳句集』までの月斗の足跡を簡単にたどってみよう。

月斗は明治十二年、大阪市東区（現中央区）で「青木薬房」を経営する青木新十郎の次男として生まれた。本名は新護。新十郎は配置薬の拠点越中富山の出身で、家伝薬として「神薬快通丸」と「天眼水」を持ち、「神薬快通丸・天眼水本舗」を称した。新護は十一歳でこの父に死別、十二歳で家督を継いだ。入学の許される十六歳を待って大阪薬学校に入学したが家業に従事するため中退した。

母はマツ。淡路島の出身で、その父は梅室門の俳人幽薫亭梅潤であった。つまり、母方からは俳句の血を受け継いでいたことになる。この母からの影響の他、小学校の教師で俳号を黙蛙といった斎藤芳之助からも影響を受けた。加えて、大阪商人に欠かせない教養も身につけていた。小学生ですでに漢学を漢方医・児玉氏から、英語をその子息から学び、後には書を湯川梧窓から、日本画を平野光瑛から、という具合である。

月斗の体には商人の血と文人の血が溶けあって流れ、後に述べるように薬種商と俳句指導者の二足の草鞋を一足であるかのように履きこなしていくのである。

詳しくは年譜を参照していただくとして、月斗の創刊した俳句雑誌を挙げる。

「車百合」

明治三十二年十月十五日創刊。関西における日本派俳句雑誌の嚆矢。子規をはじめ次のような祝句が寄せられた。「車百合」に寄せる期待の大きさがうかがえる。

俳諧の西の奉行や月の秋　子規

御祝に渋柿やろか芋やろか　碧梧桐

聞かばやと思ふ砧を打出しぬ　漱石
初秋を百合咲いて花車の如し　鳴雪
何のせてひくや此花車百合　虚子
白露江に横たはる灯や船の秋　把栗

明治三十三年八月十日、一巻七号で経済的理由により休刊したが、明治三十四年、二巻一号を復刊。明治三十五年八月一日、二巻一〇号をもって終刊。

「カラタチ」
大正五年二月創刊。月斗の「発刊の辞」は次の通り。

雑誌を出す要ありや。　曰く無。
俳句を作る要ありや。　曰く無。
生きてゐる要ありや。　曰く無。

だが、この「カラタチ」も、遅刊、合併号を経て、大正八年八月、通巻二十三号で終刊。しかし、「カラタチ」で月斗の指導的地位が定まり、「同人」創刊への足場ともなった。

「同人」

大正九年四月十五日創刊。扉の言には「句そのものの充実と威力は、一に作者の人格如何にあるなり」等とあり、後の月斗の箴言「よき人格がよき句を作る」が表れている。

「同人」も第二号にして早くも発行所を変え、一か月の遅延という事態であったが、徐々に軌道に乗って昭和二十四年に亡くなるまで主宰を続けた。その後平成二十七年に通巻一一〇〇号を数え、平成二十九年現在も健在。ただし昭和十九年四月から二十一年三月までは第二次世界大戦の影響で休刊を余儀なくされる、という試練も経た。

大正十三年一月号に、島田五空が「月斗が九州へ下ると、足利尊氏が西国に落ちたやうな感がある。月斗と尊氏は妙な取り合わせだが西国の人気の湧くが如きに驚く」

と書いているが、月斗の西国、主として九州への旅は青木薬房の主人としての商用と兼ねたもので、「同人」の発展は月斗の商用の旅に負うところが大きかったと思われる。

さて、こうして「同人」に集う人が増加するとともに、月斗の俳句をまとめて読みたいという要望が高まり、月斗の「句集は没後に」という信念との折衷案として『同人俳句集』が編まれることになったのである。

計画はまず「同人」の投句者から自選句を集めることから始まった。一人三十句を募集したところ、約一万句が集まった。これを月斗が選し、そこへ編者・岡本圭岳らが選んだ昭和五年作の月斗の句が加えられて、昭和六年三月二十五日、ついに待望の『同人俳句集　第一輯』が発行されたのであった。

月斗はその序に次のように書いている。

三たび稿を改めて、意に満たず。これを棄つ。

同人于野。の謂に依つて一句を得、乃ち序に代ふ。

日洽し三々五々に青き踏む

昭和六年三月

月斗

これに続いて昭和九年に『同人第二句集』、昭和十七年に『同人第三句集』が発行され、この三冊から月斗の句を抜き出して編んだのが『月斗翁句抄』ということになる。最後に裸馬の序の結語を紹介してこの稿を終えたい。

一般読者諸君に一言す。『月斗翁句抄』は一代の詞宗の全境涯を、諸君に提示するには充分でないとは申せ、諸君の間に在る達眼の士は、眇たる此一小冊子を繙かる丶毎に、かの波間の片鱗の如く閃きわたる巨匠の面目を、ありくと洞見せられるであらうと信ずる。

昭和二十四年三月　東京荻窪の仮寓に於て

菅　裸馬識す

なお、この『月斗句集』では、切れ字などをひらがなで表記し、難読字に現代かなづかいでルビをつけあきらかな間違いは直した。

最後になったがこの本は当初、『俳人青木月斗』（平成二十一年十月三十一日、角川学芸出版）の著者・角光雄氏が担当される筈だったが、残念にも平成二十六年（二〇一四）七月二十七日に永眠され、中原が代役を務めた。『俳人青木月斗』に深謝するとともに、力不足で到らぬ点の多いことを深くお詫びする。

略年譜

青木月斗（あおき・げっと）

明治一二年（一八七九）

一一月二〇日、大阪市に出生。父新十郎、母マツの次男。本名新護。母方の祖父は梅室門の俳人・幽薫亭梅澗。家業は薬種商。家伝薬に神薬快通丸・天眼水。

明治一五年（一八八二）

七月二四日、妹繁栄（戸籍名・茂枝、後に河東碧梧桐と結婚）出生。

明治一九年（一八八六）

四月、病弱のため一年遅れて小学校入学。同級に金尾種次郎（後の金尾文淵堂社主）。

明治二二年（一八八九）

父新十郎没。翌年、家督相続。

明治二七年（一八九四）

小学校を卒業。大阪薬学校に入学。

明治二八年（一八九五）

大阪薬学校を中退、家業を継ぐ。屋号「青木薬店」。俳号「月兎」を用いる。

明治二九年（一八九六）

九月、京阪俳友満月会発足（月兎は家業のため不参）。新聞「日本」「国民新聞」購読開始。

明治三〇年（一八九七）

四月、大阪満月会発会、出席。一二月、「国民新聞」（虚子選）に三句初入選。

明治三一年（一八九八）

秋、大阪満月会から分かれて三日月会発足。金尾種次郎（春草）も文淵会を発足、月兎も参加。

明治三二年（一八九九）

一月、金尾文淵堂の文芸雑誌「ふた葉」創刊。二月刊の二号に「三日月会俳句」「浪速の俳壇」掲載、以後各号に作品を発表。三月、「日本」に三句入選。六月、子規の病気平癒を祈って春草庵にて運座。八月、「ふた葉」二巻二号に夏季附録として「車百合」零号を発行（金尾文淵堂）。九月、京都に滞在中の碧梧桐と関西の俳人との交流。一〇月、関西における日本派俳句雑誌の嚆矢「車百合」創刊。発行者・月兎、発行所・月兎宅、発売元・金尾文淵堂。子規より祝句〈俳諧の西の奉行や月の秋〉。一二月、第二号に子規「車百合に就きて」掲載。同月、上京、はじめて子規と会う。

明治三三年（一九〇〇）

子規の「明治三十二年の俳句界」（「ホトトギス」三巻四号）で「三十二年中に頭角を露したる者」に入る。八月、「車百合」休刊。一〇月、妹茂枝が碧梧桐と結婚。一一月、米川貞と結婚。子規の祝句〈君がため寒牡丹かく祝かな〉。

明治三四年（一九〇一）

二月二〇日夜、月兎宅で大阪満月会開催。三月、松瀬青々による「宝船」創刊も、七月、一巻七号で休刊。九月、「車百合」を二巻一号として復刊。

明治三五年（一九〇二）

二月、長女千里誕生。命名は子規。八月、「車百合」二巻一〇号刊（終刊号）。九月一九日、子規没。紀州木の本で創刊された「くぢら」選者。

明治三六年（一九〇三）

浪華芙蓉会の「東紅」選者。一月二九日、母マツ没。三月二二日、大阪での虚子俳句大会に参加。

明治三七年（一九〇四）

二月、中川四明「懸葵」を創刊。月兎は五句投句。一一月三日、大阪巨口会（法曹界関連者）に参加。

明治三八年（一九〇五）

三月、新宮の俳誌「浜ゆふ」選者。四月頃、月兎から月斗に改号。一二月、上京。乙字・井泉水にはじめて会う。

明治三九年（一九〇六）

青々眼病のため、「宝船」の例会に出席。埼玉・石島雉子郎発行の「浮城」募集俳句選者。

明治四〇年（一九〇七）

三月二一日、沈滞する大阪俳壇に活を入れるため、桜ノ宮泉布観で俳句大会を開催。五月、富取芳河士主幹の「初雁」募集俳句選者。九月、第六回大阪子規忌を修し、以後、ほぼ毎年大阪子規忌を修する。

明治四一年（一九〇八）

一一月、三女御矢子を碧梧桐の養女にする。

明治四二年（一九〇九）

五月、『現今俳家人名辞書』に「青木新護、大阪市東区道修町一丁目、売薬商、天眼水本舗、旧号月兎、大阪新報俳句選者」と掲載。一〇月、「四国文学」募集俳句選者。一一月、城之崎で「続三千里」行脚中の碧梧桐に出会う。

明治四三年（一九一〇）

一月、「四国文学」に村上霽月が「月斗君、日出乾坤耀の一号文字に句以上の気焔吐けり」（「御慶」）と書く。

明治四四年（一九一一）

一月、「大阪朝日新聞」紙上で碧梧桐と論戦。六月、「層雲」に作品掲載。

明治四五年・大正元年（一九一二）
（七月三〇日改元）

七月、碧梧桐の「十二日行」（「層雲」）の合評に参加。

大正二年（一九一三）

一月、虚子来阪歓迎句会。

大正三年（一九一四）

一月、虚子らとともに『貞徳終焉記』披見。月斗はその後大正七年、鑑定文を書く。九月一九日、子規一三回忌を修する。

大正四年（一九一五）

五月一五日、松根東洋城の「渋柿」に「洛の二日」を執筆。俳句選者。九月、虚子が「ホトトギス」一八巻一二号で月斗に言及。一〇月〜一一月、九州一二地区に亘り、商用と俳句指導の旅。この年、霜声会、住吉俳句会、三七聯隊将校集会場小集、巨口会小集、阪神大正天皇即位奉祝句会、船舶会句会、粟田紗羊の来阪で小庵句会、澤田葉子除隊記念の会、梅沢墨水一周忌句会など、広範囲に亘る精力的な俳句活動。

大正五年（一九一六）

二月、月斗主宰「カラタチ」創刊。一二四頁。発刊の辞「雑誌を出す要ありや。曰く無。俳句を作る要ありや。曰く無。生きてゐる要ありや。曰く無。月斗」。同月、第一回カラタチ俳句例会。以後第二日曜日を例会とする。同月、「渋柿」一三号俳句選者。三月、「ホトトギス」一九巻六号、募集俳句選者。四月、下関で句会指導。七月、「カラタチ」一巻六号刊。この巻で休刊。

大正六年（一九一七）

一月、「ホトトギス」募集俳句選者。二月、堺・開口神社で虚子歓迎句会。三月、「カラタチ」再刊。七月、佐世保宮地獄神社で月斗歓迎句会。九月一七日、長女千里一六歳で逝去。一〇月、九州から帰る途上の虚子を迎えて句会。

大正七年（一九一八）

四月、上京。ホトトギス発行所で歓迎句会。五月、「ホトトギス」二一巻八号に長谷川零余子著「月斗君上京句会」掲載。

大正八年（一九一九）

一月、川崎銀行大阪支店、㈱鈴木商店（現・味の素㈱）の句会を指導。五月、水落露石死去。八月、「カラタチ」終刊。一一月、上京中、大磯に立ち寄った大谷句仏を迎え句会。

大正九年（一九二〇）

一月頃、道路拡張に伴い道修町から網島町へ転居。東野田を経て八月、網島中野町へ移宅。四月、「同人」創刊、主宰。五月一四日、碧梧桐の養女になっていた御矢子、一五歳で没。七月、九州で福岡日日新聞歓迎句会。

大正一〇年（一九二一）

一月、上京。

大正一一年（一九二二）

一月、野々村渡梅邸に月斗揮毫の蕪村句碑建立。

同時に蕪村忌俳句会。三月、虚子歓迎句会に参加。
一〇月、次男・駿、碧梧桐の養子に。

大正一二年（一九二三）

七月、阿蘇登山。「同人」誌上の俳句を見て所轄警察署が嫌疑、草千里の放火犯人は月斗と新聞報道。八月、大阪城で第一回太閤忌を修し、以降、昭和一七年まで途切れつつ続行。九月一日、関東大震災。一〇月、「同人」の地震号。

大正一三年（一九二四）

二月、九州各地で句会を指導。一〇月、木曽へ。

大正一四年（一九二五）

長男・月磨（子規の命名）、一四歳で没。九月、永尾宋斤離脱事件。一二月、貞と離婚。

大正一五年・昭和元年（一九二六）
（一二月二五日改元）

二月、永尾宋斤「早春」発行主宰。同月、内藤鳴雪没。五月、古橋敏子（俳号、女々）と再婚。一〇月に再刊された「俳星」より課題選者の依頼。

昭和三年（一九二八）

五月、商用を兼ねて諫早へ。その後九州各地で句会。九月、石井露月没。

昭和四年（一九二九）

九月、『現代日本文学全集』第三八篇「現代短歌集　現代俳句集」（改造社）に六六句掲載。

昭和五年（一九三〇）

四月、三年ぶりに広島・九州へ。

昭和六年（一九三一）

三月、合同句集『同人俳句集』（歳時記形式）第一輯刊。七月～八月、北海道・樺太旅行。九月、「同人」子規居士三〇周忌記念号。同月、大阪子規忌を修し、月斗講演。

昭和七年（一九三二）

七月、『俳句講座』第五巻「鑑賞評釈篇」（改造社）に岡本圭岳が「青木月斗」掲載。一一月、同第三巻「概論作法篇」に「季感の研究」ほか二篇掲載。一二月、同第八巻「現代結社篇」に「同人の人々とその主張」掲載。
昭和八年（一九三三）
三月、豊中萩の寺で同人追善法要。七月、『俳諧歳時記　夏』（改造社）刊。「季題解説」「実作注意」「例句」掲載。
昭和九年（一九三四）
三月、「俳句研究」創刊。作品「山河春」掲載。俳句添削、読者俳句選者をつとめる。九月、『続俳句講座』第五巻（改造社）に「名所句作法」掲載。九月、須磨寺桜寿院で子規三三回忌を修する。一一月、天王寺区北山町に転居。一二月、『同人第二句集』（同人社）刊。
昭和一〇年（一九三五）
一月、『子規名句評釈』（非凡閣）刊。一一月、『俳句作法講座』第三巻（改造社）に「人事俳句」「拙句小解」掲載。
昭和一二年（一九三七）
一月九日、松瀬青々没。二月一日、碧梧桐急逝、六四歳。四月、奈良公会堂で「同人」二〇〇号記念大会。六月、佐世保で句会指導。
昭和一三年（一九三八）還暦。
昭和一四年（一九三九）
一一月、犬塚皆春らと釜山、京城、慶州へ旅。
昭和一五年（一九四〇）
一月二一日、中之島公会堂で還暦祝賀会。胸像を贈られる。七月四日、ラジオ放送「俳句より見たる時鳥」。九月、肥前名護屋城址に〈太閤の睨みし海の霞かな　月斗〉の句碑建立。
昭和一六年（一九四一）
二月～三月、台湾旅行。一二月八日、太平洋戦争勃発。
昭和一七年（一九四二）
二月、『同人第三句集』（同人社）刊。六月、「同人」婦人句会吟行。世話人小石なつ子。
昭和一八年（一九四三）
この頃、胸部に苦痛を訴える事あり。禁酒。

昭和一九年（一九四四）

四月、「同人」休刊。大阪全俳句雑誌統合の議があり、一〇月に統合誌「このみち」創刊の発行編集人となったが、第一号で辞退。

昭和二〇年（一九四五）

二月一一日、大阪にはじめて空襲。四月、奈良大宇陀に疎開。この頃各地で「同人会」が結成され、作句、添削指導。八月一五日、終戦。

昭和二一年（一九四六）

四月、東京で「同人」復刊。六月、九州各地へ「同人」会員訪問の旅。

昭和二三年（一九四八）古希。

四月、筑紫・三原等へ句会指導の旅。七月～八月、東京の句会を指導。一〇月一〇日に大阪天満宮で、一一月二一日に東京上野公園桜亭で古希祝賀会。

昭和二四年（一九四九）

三月一七日、月斗没。俳聖院閣釈月斗居士。同月二五日、月斗選、鈴木鶉衣編合同句集『時雨』（同人社）刊。四月一七日、四天王寺本坊で同人社葬。

昭和二五年（一九五〇）

三月一〇日、菅裸馬序『月斗翁句抄』（同人社）刊。三月一二日、四天王寺で月斗一周忌を修する。一一月三日、京都洛北金福寺、終生敬慕した蕪村の墓のすぐ下に墓碑建立。

＊角光雄編「青木月斗略年譜」（『俳人青木月斗』）より中原が抄録。

編者略歴

中原幸子（なかはら・さちこ）

1938年　和歌山県生まれ。「大阪俳句史研究会」理事。俳句グループ「船団の会」（坪内稔典代表）会員。句集『遠くの山』、『以上、西陣から』。俳句とエッセー『ローマの釘』。大阪府茨木市在住。

明治時代の大阪俳人のアンソロジー

青木月斗句集　月斗句集（げっとくしゅう）
二〇一七年一一月九日　第一刷
編集者――中原幸子
編　集――大阪俳句史研究会
〒664-0895　伊丹市宮ノ前2-5-20　㈶柿衞文庫　也雲軒内
発行所――ふらんす堂
〒182-0002　東京都調布市仙川町一―一五―三八―2F
電　話――〇三（三三二六）九〇六一　FAX〇三（三三二六）六九一九
ホームページ　http://furansudo.com/　E-mail　info@furansudo.com
装　丁――君嶋真理子
印刷所――三修紙工
製本所――三修紙工
定　価――本体一二〇〇円+税
ISBN978-4-7814-1006-7　C0092　¥1200E